(03)

GEAR UP! MY SAMURAI !

FIGHT LIKE WARRIORS, NEVER GIVE UP !

角色介紹

叮叮

電車、人形兩種形態。雖然擁有強大戰力，但卻是個和平主義者，堅決把力量用在守護他人之上。

陳老師

熱心教育的年輕老師，任職於洛斯和夢妮就讀的學校，在偶然下被捲入魔界星人和戰國星人的戰爭，希望能用她的學識成為叮叮的助力。

凱文

在 H 市長大，在 T 市學成歸來的機械人工程天才，是帶著第四名戰國星人協助夏爾等人的強大援軍。

人人／夏爾

大貨車、人形兩種形態。正義感強，思想單純，喜歡冷笑話。

洛斯

性格善良，為了幫人能犧牲自己，好奇心旺盛，喜歡冷笑話。

夢妮

聰明伶俐，為人冷淡，做決定時往往先計算利益，說話有點刻薄。

艾可薩

科技公司 BOT 創辦人，夢想建立人工智能王國，行事卑鄙。

月亮高掛，H市表面上一片寧靜，
市民都已經進入夢鄉，但在BOT集團的
地下基地之內，卻傳出熱鬧的歡呼聲和
金屬碰撞的響聲，這裡是
艾可薩興建的「機械人鬥技場」。

「加油！把對手打成廢鐵吧！」觀眾席上座
無虛席，而這裡的觀眾全都是H市的達官貴人。

H市著名飲品品牌維他公司所派出的白色參賽機械
人正猛力揮拳擊向他的對手，一個外形古舊的電車機械
人。

「只要把這老古董拆掉，今晚的特別獎金就是屬於我們公司的了。」維他公司的主席萬分緊張，因為比賽涉及龐大利益。

這環形的機械人鬥技場參照著名景點羅馬鬥獸場設計，而中間設有鐵牢保護觀眾免受傷害，因為機械人之間的對戰十分激烈。

「我已經下重注買貴公司勝出，別讓我失望啊。」巴士公司的主席說。

這鬥技場每晚也上演著代表不同公司的機械人格鬥比賽，勝方固然能得到豐富獎金，也能在業界展示出自己公司的先進科技，更重要是製造了刺激的賭博機會，給城中已經對普通事物失去興趣的富者。

「為甚麼任我怎樣敲打也無法擊倒它的？」維他機械人的駕駛人說。

電車機械人雖然處於挨打的狀態，但由於他有著出色的防禦能力，所以未有敗退的跡象，更重要的是，他其實並非普通機械人，而是得到戰國星人「武魂」寄宿的電車重機。

「陳老師……你還好嗎？」電車重機問坐在駕駛席上的女士，她雖然手握軚盤，但她並不是電車重機的駕駛員，而是被困車廂中的受害者。

「不好……但是叮叮你還能堅持住嗎？」陳老師只是一名不幸被捲入這風波的普通乘客，她把電車重機喚著「叮叮」，因為電車通知乘客下車時總會發出「叮叮」聲。

「嗯，我只是在等待……這一個機會。」身體厚實，頭腦冷靜，叮叮看準時機把揮拳動作變慢的維他機械人擒拿到地上。

一瞬之間情況逆轉，叮叮更拆掉倒地的機械人雙手，確保它失去反擊能力。

陳老師和叮叮的初次相遇是在數日前，而她也在這一天被捲入魔界星人的陰謀詭計中。

陳老師是一名初出茅廬的老師，負責教授學生數學和科學，她每天都為準備教材而工作至夜深，卻不介意辛勞，只想做一個能作育英才的良師。

這晚陳老師和平常一樣，乘坐最後一班電車回家，她總是坐在靠窗的位置戴著耳機，聽著柔和的音樂睡覺，直至到達尾站的叮叮聲響起，她才匆匆忙忙地下車。

可是這一晚和往常不同，電車還未到尾站就已停下，車上寥寥可數的乘客看到嚇人的景象通通下車躲避，唯獨只有還沉醉夢鄉的陳老師來不及下車，被困車廂之內。

魔界星人帶領著 BOT 機械守衛兵團包圍叮叮，為免車身晃動令陳老師受傷，叮叮無法全力作戰，最終被強行帶到地下基地。而艾可薩更想出了卑鄙無恥的主意，一方面以叮叮作誘餌吸引其他戰國星人，另一方面把他當成鬥技場的特備節目，能摧毀叮叮的機械人所屬公司將獲得高額獎金。

　　回到鬥技場上，維他公司宣布投降，他們的機械人已失去活動能力。

　　「一連六天均沒有人能戰勝這電車重機，到底艾可薩是怎樣造出這麼優秀的機械人？」維他公司主席不忿地說。

　　在場觀眾和參賽者不知道叮叮並非 BOT 所製造的機械人，更不知道戰國星人和魔界星人的事。

「很快便輪到我公司的機械人大顯身手了，這筆獎金已是我的囊中之物。」巴士公司主席說。

自從叮叮被帶到鬥技場開始，等待他的便是一場又一場戰鬥，若然他戰敗的話，不只自己性命不保，更會連累車廂內的陳老師。

「按照約定，這是今天的糧食和水。」艾可薩的私人秘書布萊把叮叮的獎品奉上。

不打勝仗的話，陳老師就要在車廂內挨餓抵渴，如果叮叮就此倒下，不難想像陳老師會因為知道外星人秘密和地下基地之事而被滅口，所以叮叮有不能戰敗的理由，他有必須守護的人。

「手機還是接收不到訊號呢。」陳老師吃著麵包，叮叮能提供電源，但不能提供無線網絡，而且地下基地接收不到外來的訊號，因為艾可薩設置了干擾訊號的電波。

「你的身體狀況如何？有沒有在剛才的戰鬥中受傷？」沉穩而且溫柔，叮叮有著跟外表堅硬冰涼相反的個性。

「沒有，你不用顧慮我太多的，你為了保護我，你已受了太多折磨。」陳老師只能摸著這軚盤安撫叮叮。

「怎麼說都是因為我才連累你被困於此，如果令你受傷，我怎過意得去？」叮叮自責著說，艾可薩盯上的只有戰國星人，陳老師只是不幸剛巧在車上。

「現在正值暑假，我不需要天天回校上課，但我早前約了一個學生明天回校補習的，現在又不能靠電話通知他取消……」陳老師初時害怕得哭哭啼啼，現在已冷靜了許多，因為無論戰鬥有多激烈，叮叮一直鼓勵著她，守護著她。

「只要繼續堅持下去，我的同伴一定會發現我在這裡，一定會來幫助我們的。」連日的戰鬥已令叮叮受損不輕，支撐他繼續奮戰的，除了體內的陳老師外，還有對同伴的信任，他知道 H 市內一定有其他戰國星人正在尋找夥伴。

失蹤的人和電車

H市舊區內的一間二手電器舖，洛斯和夢妮正在忙個不停，他們推著手推車把店長不要的舊貨品運送到人人搬運車的倉庫，如像找到寶藏的孩子。

「你們真的毫不客氣呢，像是要把這裡洗劫一空似的。」店長被他們的氣勢嚇了一跳。

「反正店長你本打算把貨物送去廢鐵回收罷了，送給我們反而更有意義呀。」夢妮說。

「那你們打算用來做甚麼？」店長問。

「征服地球……不不不，保護地球才對。」洛斯說。

「吓？憑這堆爛銅爛鐵？」店長竊笑著說。

「店長，這些不是爛銅爛鐵，而是一個時代的見證，沒有它們的出現，就沒有現在的先進科技，更莫說未來充滿可能性的高端文明。」夢妮出口成文令店長目瞪口呆。夢妮不喜歡別人取笑洛斯，她的哥哥只有她自己能欺負。

「到成功拯救地球後，我們會再來答謝你的。」洛斯的頭腦簡單得多，現在他只想著幫助夏爾和雪樂，找出其他戰國星人。

洛斯和夢妮把最後兩車貨品搬上車後，便步行回家，夏爾自動駕駛回去位於棄置工廠的秘密基地。

　　「洛斯，你真的要用心讀書才行了，要幫助夏爾他們對付與艾可薩聯手的魔界星人，單靠我現在擁有的知識是不足夠的，更莫説是你這每次也吊車尾才升班的笨蛋。」夢妮認真地説。

　　「我知道呀⋯⋯所以當陳老師説要為我準備暑期補習班，我沒有推搪，欣然答應了呀。放心，不用多久我就會成為學校的高材生！」洛斯自信滿滿地説。

　　「能追上進度就好了，反而如果我們之間能多一個智囊，或者會對夏爾很有幫助。」夢妮苦惱著説。

　　「但你不是説過外星人的事不能隨便對人説嗎？對手是有財有勢的 BOT，我們能信任的人便更加少了。」洛斯説。

「嗯⋯⋯這件事容後再談吧，明天我會到基地跟進夏爾和雪樂升級的情況，你補習結束後便來和我們會合吧。」夢妮說。

「升級後夏爾和雪樂一定會變得能輕鬆擊敗戰國星人！到時候就不需要甚麼智囊加入啦。」洛斯十分樂觀。

自從上一次和猿魔交手過後，夢妮就一直苦惱著，雖然消滅了猿魔，但得到 BOT 投放資源的魔界星人只會愈來愈強，而得到外星科技支援的 BOT 勢力與日俱增，更有染指其他城市的趨勢。

翌日的新聞報道上，維他公司宣布旗下所有機械設備將會替換成 BOT 集團的最新產品，涉及金額高達八位數字，夢妮對 BOT 集團又變得更龐大感到頭痛，但她不知道這一切也是地下機械人鬥技場為 BOT 集團帶來的利益。

BOT 集團技術顧問艾可薩更藉此宣傳他們的智能城市重建計畫，居住在舊區唐樓的居民只要付出少量的金額，就能入住 BOT 旗下的住宅物業，而這片舊區將會被重新打造成最新最先進的智能住宅區，讓 H 市成為炙手可熱的一線城市。

　　「這計畫背後一定有很大陰謀，艾可薩是不會做賠本生意的，有了魔界星人的技術，他只會貪圖更大的權力和利益。」夢妮邊吃早餐邊自言自語。

　　「快遲到了！夢妮，我的單車壞了，你的借我一用！」貪睡的洛斯衝出門口。

　　「嗯。」夢妮準備收拾碗碟，然後向秘密基地出發。

　　他們二人，將分別遇上了貌似毫不相關卻其實緊密相連的事。

學校之內，洛斯跑了一圈又一圈，但卻找不到相約和他進行暑假補習的老師。

「難道我記錯時間了嗎？老師不是會遲到的那種人，怎麼找遍學校也不見她，手機也接不通呢？」難得洛斯想急起直追，把落後的學習進度追上，但老師卻不知所終。

「洛斯？真難得你暑假也回來學校啊。」訓導主任說。

「我約了陳老師回來補習，但卻找不到她啊。」洛斯抓著頭皮說。

「陳老師嗎？說起來我這一星期亦沒有碰見過她呢⋯⋯平常勤奮工作至夜深，就算假期她也會一直有回校備課，卻連昨天的教職員會議也缺席了。」訓導主任這才發覺，陳老師有如人間蒸發。

「真奇怪⋯⋯她還叮囑過我暑假也不能偷懶呢。」洛斯疑惑地說。

「我找到她後再通知她聯絡你吧，你回家路上小心呀，H市最近發生了不少怪事。」訓導主任説。

「怪事？甚麼怪事？」洛斯對神秘奇幻的事特別感興趣。

「先是雪糕車被連環破壞，上星期又發生了電車失竊事件⋯⋯這麼大一架電車也能不見了。」訓導主任説。

「電車失竊？」洛斯聽到這消息之際，另一邊廂的夢妮同樣知道了這一件事。

夢妮的單車借給了洛斯，所以她只好坐電車去廢置工廠，但是她久久未等到電車到達，排隊的乘客情緒也開始鼓噪。

「本來這電車班次已不足夠，不見了一輛電車後更是百上加斤。」排在夢妮前面的上班族說。

「不見了一輛電車？」夢妮好奇地問。

「對呀，已經是一星期前的事了……但當局沒有加派車輛，我們的市長這麼無能，難怪艾可薩副市長想重建這一帶，我支持他取代現在的市長。」夢妮身後的太太說。

「我同樣支持艾可薩，他上任副市長後替換了許多落後的設施，既能改善老住戶的生活，又能吸引其他市的投資者和居民來 H 市發展。」排隊的市民對艾可薩都十分支持，他們都不知道艾可薩的真面目，更不知道他的背後有魔界星人撐腰。

「但是一架電車不見了，為甚麼新聞沒有報道？」夢妮打斷了一眾支持艾可薩的聲音。

「不知道呀，可能當局不當做一回事吧。」沒有人覺得一輛電車憑空消失是嚴重的事，他們只介意候車的時間變長。

「不可能沒有報道，除非……」夢妮覺得事有蹺蹊。

自從知道艾可薩和魔界星人聯手之後，夢妮對周遭的事物變得十分敏感，就算多微細的不合理，都逃不過夢妮的法眼。

夢妮和洛斯來到了秘密基地，夏爾和雪樂已在進行機體調整，面對未來嚴峻的考驗，他們不能原地踏步，糖糖和石仔則擔當基地守衛的角色，只要遍布地上的糖果被觸碰就會被糖糖發現。

「嘩……這一招很浪費食物呀。」洛斯說。

「這些假糖果都是塑膠製品，不能吃的。」夢妮為了增加糖糖的效用，花了不少心思。

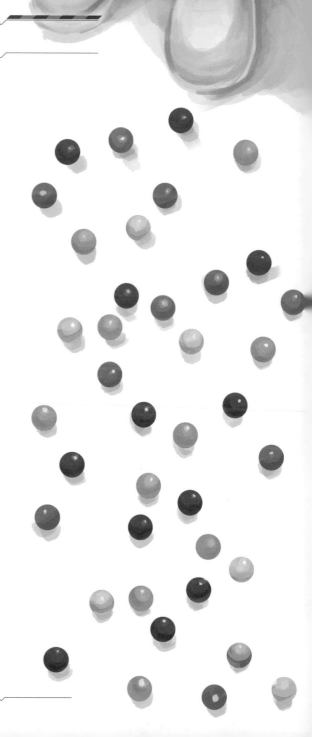

「你早說嘛。」洛斯把差點放到口中的假糖果放回地上。

「對了，你不是回校補習嗎？怎會這麼快來到的？」夢妮問。

「陳老師不見了，訓導主任說她這星期也沒有回校，連教職員會議也缺席了。」洛斯說。

「我的班主任陳老師？她對教育滿腔熱情，不是會無故缺席的人⋯⋯你說她已一星期沒有回校嗎？」夢妮忽然想起一件事。

「嗯，一星期有甚麼問題嗎？」洛斯不以為然。

「其中一輛往返學校路線的電車消失了，而且新聞也沒有報道。」夢妮愈想愈覺得不妥。

「可能大家不當一回事吧，但這和陳老師有甚麼關係？」洛斯問。

「陳老師是坐那路線的電車回家的……希望是我想多了吧。自從艾可薩的權力愈來愈大，我便愈來愈心緒不寧。」夢妮對事物總會抱有懷疑態度。

「你這樣天天皺起眉頭很易會有皺紋的，不要擔心太多啦。」洛斯則是樂觀主義者。

「還不因為我有個不用腦袋的哥哥……如果有個成熟聰穎的人能幫我分擔一下就好了。」夢妮頭痛著說。

「夢妮，洛斯，歡迎回來。」系統更新完畢後，夏爾和雪樂也步出機械工程台。

「啊，感覺截然不同呢！」洛斯拍拍夏爾的身體說。

「洛斯，我們升級了內部系統和武器性能，從外觀是看不出來的。」雪樂苦笑著說。

「系統升級了的話⋯⋯夏爾你能幫我一個忙嗎？」

「樂意效勞。」升級了的戰國星人能做到的事情變得更多。

地下基地之內，布萊正和艾可薩商討秘密事宜，艾可薩對權力充滿慾望，他的首要目標是把 H 市打造成他的機械王國，守舊的設備建築通通要替換成他自己公司的產品，而重建項目正是這計畫最重要的一步。

舊區唐樓的老住戶不願搬遷，市長又以保育城市特色為理由拒絕他的重建項目，這令艾可薩極為不快，要自由操控這城市，他必須取代現任市長，才能為所欲為。

「老闆，機械人鬥技場已成功令更多公司轉用我們的產品和服務，市場佔有率已近九成。」布萊報告著說。

機械人之間的戰鬥除了是金錢賭博，雙方也能開出自己想要的條件，例如公司股份、土地。而艾可薩想要的是機械設備的佔有，這樣他就能知道該公司所有秘密，同時能暗中操控這公司的發展。

　　「還餘下的一成，就是那礙眼的唐樓舊區吧？」艾可薩說。

　　「對，市長堅決拒絕，無論我開出多優厚的條件也無動於衷。以屬下所見，既然集團已取得九成控制權，就算不把舊區佔有也足以成為 H 市的主人了，又何必再和這食古不化的市長糾纏呢？」布萊不明白艾可薩執著何事。

　　「布萊你跟隨我多久了？」艾可薩問。

　　「從在科技展得到老闆的賞識，靠你的資助完成博士課程，到在 BOT 工作，至今已十五年了。」從窮困家庭中長大的布萊視艾可薩為恩人，但他不了解這滿腦子

陰謀的老闆真正的想法。

「我不接受八成或九成，被我看上的東西我就要全盤擁有。」艾可薩的佔有慾很強，而且是一個不接受瑕疵的完美主義者。

「但是老闆……我們借用了魔界星人的力量，不怕他們反咬我們一口嗎？」布萊視魔界星人為潛在威脅，因為他們的力量過份強大。

「他們要的是地球藏著的地心能量，而我的目標是稱霸地球，我們只是在各取所需，互相利用的合作夥伴。」艾可薩貪婪的笑聲在地下基地響起，魔界星人和戰國星人在他眼中也只是工具。

但魔界星人又會否甘於被艾可薩利用？人類以智慧凌駕於地球上其他生物，但來自外太空擁有高科技文明的魔界星人，他們的想法又有沒有艾可薩想得那麼簡單？

地下鬥技場附近的囚室內，陳老師在電車廂聽著叮叮細說他在戰國星時的經歷，全靠叮叮的體貼，陳老師才能在這車廂內挨過多個難以入眠的晚上，而叮叮的神奇經歷更令陳老師大開眼界，笑逐顏開。

「陳老師，會不會覺得寒冷？需要我調高空調系統嗎？」叮叮想盡力讓陳老師安心。

「善悠，我的名字叫善悠。我不冷，全賴有你陪著，我感覺很溫暖。」陳老師已把叮叮當作生死之交，叮叮這名字也是她命名的。

「若不是你乘坐了這電車，便不會和我一起被困在這裡，我有責任保護你的。」叮叮自責不已。

「我們一定能活著離開這裡，對嗎？」善悠從害怕到冷靜，從冷靜到變得積極。身為一直是指導學生解決難題的老師，她相信問題總有解決辦法。

知識就是力量，就算是被困車廂的善悠也能以她的力量協助叮叮。下一場機械人格鬥賽事快要開始，但整個地下基地的電源突然關閉了數秒，善悠被黑暗嚇了一跳的同時，卻從手機接收到訊號的短短幾秒間，看到了希望。

4
訊號

　　地下基地突然斷電並不是巧合，而是由夏爾造成的。戰力得以提升之後，夢妮拜託了他辦一件事，就是追查陳老師手機的位置，夢妮發現陳老師開始失蹤的那天和電車消失是在同一天，而且手機最後發出訊號的位置也在電車路線上，所以夢妮確定老師的失蹤和電車消失有關。而現在，他們一行人正身處 H 市的電力供應中心。

　　「夢妮你真聰明，但是你是怎想到那電車可能是我們的同伴？」雪樂曾從猿魔口中得知機械人鬥技場裡囚禁了戰國星人的事，那裡是魔界星人用來引誘戰國星人的地方。

　　「因為新聞沒有報道。雖然電車失蹤不是驚天動地的新聞，但消失了一個星期竟沒有任何報道又無人跟進……」

這就顯得像是有人刻意隱瞞，不想電車不見了的消息廣傳開去。」夢妮解釋著說。

「只有 BOT 集團有這樣的權勢，也只有魔界星人會有對付夏爾和他的同伴的動機。」洛斯終於明白夢妮為何這麼不安，因為他們的敵人擁有艾可薩這強大後盾。

竄改閉路電視片段，打壓新聞報道自由，艾可薩正用他的財勢權力，以不法的手段建立合他心意的王國。要是讓這樣為所欲為的人成為市長，成為領導，H 市的後果將會不堪設想。

「雪樂，辛苦你了。」夢妮說。

「雪樂你真的很厲害！只靠舊電器來升級就足以把整個城市的電力供應暫停，就算再多魔界星人也不是你們的對手了。」洛斯興奮得跳起，剛才不只地下基地停電，連整個城市的電力供應都暫停了三秒鐘。

「我們靠著雪櫃的冷凍器材來強化冰凍能力，但三秒已經是極限了……再者若電力供應暫停得太久，很可能對醫療交通等造成嚴重影響。」雪樂選擇在深夜才以寒冰射線令供電系統失靈，希望對市民的影響減到最低。

「三秒已足夠了，陳老師的手機在這三秒內連接過網絡，我已偵測到手機訊號的位置。」地下基地龐大驚人，就算雪樂知道有這一個地方，亦難以確定同伴身在何處，所以要靠夏爾的升級系統來找尋陳老師身處的所在地。

「地下基地果然有干擾設備，對方刻意讓雪樂知道同伴在鬥技場，這一定是設計好的陷阱。」夢妮說。

「但就算是陷阱，我們也不能放任陳老師和同伴不理。」洛斯擔心他們的安危，對身陷險境的人視而不見有違他的正義。

「我也猜到你會這樣説，現在我們知道陳老師和同伴的準確位置，就能盡量減少不必要的戰鬥。」夢妮明白洛斯絕不辜負朋友。

｜我知道前往機械人鬥技場最近的入口在哪，我們馬上起行吧。」雪樂説。

「慢著，正如夢妮説這是陷阱，你知道的入口一定是保安最嚴密的那個，就算要從那裡前進，也必須把他們的兵力分散。」洛斯鮮有露出認真的表情，他知道接下來要闖的是危機四伏的龍潭虎穴。

「那應該怎麼辦？」夢妮嘗試讓哥哥來主導這次行動，她相信洛斯偶然出現的靈感。

「我有一個大膽的想法。」洛斯狡猾地笑著說。

而在洛斯等人議定作戰計畫之際，機械人鬥技場已在進行今天的比賽項目。

　　鬥技場中心的鐵牢之內，四部機械人正進行團體比賽，紅色小巴機械人和綠色小巴機械人代表小巴公司競逐今晚的豐富獎金，而另一邊的紅色巴士機械人和藍色巴士機械人則是代表著巴士公司。

　　觀眾們都認為二人團隊賽更刺激，投注額更史無前例最高，決定團隊賽勝負的除了機體性能外，默契也是重要的一環。

　　紅和綠小巴機械人的移動速度比對手快，而且重量比對手輕，它們圍繞著巴士機械人邊滑行邊作出攻擊，主導著這場比賽的節奏。

　　紅和藍巴士機械人背靠著背，減少要作防禦的面積，同時等待反擊的機會。

「老闆，看來這場比賽很快會由小巴公司取得勝利呢。」艾可薩在席上的貴賓室邊享用著盛宴邊欣賞賽事，布萊則守候在側。

「現在下定論還言之過早，比起小巴，我更看好巴士。」艾可薩在百忙之中抽空觀戰，因為他更期待之後的比賽。

「老闆何出此言？」布萊不明白，兩部小巴機械人還在邊高速移動邊進攻，未有落敗的跡象。

「你認為這種輕裝上陣的機械人，能攜帶多少能源？」艾可薩說罷，兩部小巴機械人的移動速度正開始減慢。

「的確不是能持久作戰的份量……」布萊開始明白艾可薩的意思。

「所以巴士機械人刻意拖延時間，加上它們有厚重的裝甲，小巴們的攻擊難以奏效。攻不下對方的盾牌，

待它們能源不足的時候就會淪為待宰羔羊。」艾可薩笑著說，想像日後魔界星人和戰國星人互相攻擊到筋竭力疲時，最後屠宰這些羔羊，坐享漁人之利的便會是他。

而賽事的結果最後和艾可薩的預期相同，速度下降的紅巴小巴機械人被紅色巴士機械人的大手擒住，無法掙脫的它被擊打至停止運作。

「老闆果然料事如神。」
布萊拍著手說。

餘下的綠色小巴機械人眼見大勢已去只好退向鐵牢邊緣，眼看兩部又大又結實的巴士機械人迫近，小巴公司老闆決定投降認輸，不作無謂掙扎。

　　「唯獨那兩個和戰國星人有關的小鬼……他們的行動實在難以預測，掌握到他們的身份和家庭背景了嗎？」小孩的想像力是無法估計的，連料事如神的艾可薩亦捉摸不清洛斯和夢妮的想法。

　　「雖然無人機和機械守衛拍攝到他們的照片，但由於他們還是未投身社會的孩子，能掌握的資料很少，而且在個人資料方面，市長一直嚴密管理，我對此束手無策。」布萊說。

「又是那個頑固的市長，三番四次阻礙我的計畫，看來我得盡快取代他的位置，確保地下基地就算被發現也不會被公開……還有更重要的舊區重建計畫，我要在神不知鬼不覺的情況下達成目的。」要是艾可薩登上 H 市市長，就再沒有人能阻住他的狼子野心了。

5

魔獸進場

獲勝的巴士公司得到豐富獎金和熱烈掌聲，但這一晚的重頭戲現在才要上演，艾可薩之所以親自來觀戰，因為接下來的參賽選手是 BOT 集團旗下公司，代表 BOT 重工的機械人。

「這就是地球人的頂尖科技了嗎？」牛頭推土機械人前臂裝配推土大鏟，機體以履帶行走移動。

「實在落後得可笑，我不明白為何『魔將軍』執意要在得到地心能量後才侵佔這星球。」馬頭壓路機械人的下半身是壓路用的大滾輪和輪軌。

兩部都是由魔界星人的「獸魂」寄宿在機械人身上的重型機械，他們有自我意識，不需要駕駛員控制，而且材料性能都遠遠超越其他機械人。

「這是將軍的決定，他相信若戰國星人得到地心能量的話會很麻煩，但在我而言，他們不過是比這些無靈魂的廢鐵強一丁點罷了。」魔界星人的目標是地心能量，他們和艾可薩的協議是，只要得到地心力量和消滅戰國星人，地球就會交給擁有最頂尖科技的艾可薩擁有。

但試問當再無人能阻擋魔界星人的時候，他們又會否乖乖離開地球，讓艾可薩成為地球的霸主呢？

「蠻牛，我實在沒有耐性慢慢等戰國星人上釣，明明我們的性能力量也比對手高，到底還要花多少時間，艾可薩才能找到地心能量？」驕傲自負的馬頭壓路機的滾輪正在空轉，和地面高速磨擦散發白煙。

「傲馬，將軍說過利用有財有勢的人類是最理想的方法。」只要是魔將軍說的話，蠻牛都會不加思索去附和。

雖然觀眾們聽不到蠻牛和傲馬的對話，但看到這兩部機械人後，都露出震驚的表情，無人駕駛的機械人踏上擂台，代表艾可薩對人工智能技術多麼有信心。但他們不知道，這兩部機械人的人工智能，比現今所有機械人技術先進得多。

　　「比賽開始！」雙方代表機械人準備就緒，鐘聲響起之際兩部巴士機械人立即主動進攻。

　　同是重裝甲型的團隊戰貌似能比個勢均力敵，但代表 BOT 的機械人除了擁有魔界星人的智慧，攻擊力的差距更是顯而易見。

　　「動也不動……這東西到底是甚麼構造？」紅色巴士機械人想拆除蠻牛的大鏟。

　　「讓我來協助你！」藍色巴士機械人上前支援，但合二人之力大鏟也文風不動。

　　進攻失利，紅色巴士更被推土大鏟鏟上半空。

「太弱了，就連當熱身運動也不足夠。」傲馬加速前進，壓路滾輪已輾壓到掉落地上的紅色巴士腿部。

「別傷害到駕駛員！點到即止就好。」艾可薩生怕在鬥技場鬧出人命，打開廣播高聲呼叫。

「嘖，我最討厭別人命令我，特別是人類這種低等生物。」雖然如此，但傲馬在確定對手已失去行動能力後停止了攻擊。

「但將軍說過，在鬥技場要聽從艾可薩的指示，你可不要亂來啊。」蠻牛高舉推土大鏟，朝藍色巴士的頭部連續敲打。

視覺接收器受損加上強烈震盪，藍色巴士搖搖欲墜，最終被蠻牛推土機鏟到鐵牢邊壓迫，厚重的裝甲也毫無發揮作用，最終巴士公司只能投降認輸。

「了不起，魔界星人和普通機械人根本不能相提並論。」布萊讚嘆不已。

「以魔界星技術鍊成的超合金果然價廉物美，只要把這金屬廣泛應用，我們集團又能賺一大筆。」捨棄液態金屬的復原能力，但換來更高的攻擊和防禦能力，艾可薩打算把技術廣泛應用到其他產品上。

「BOT 集團的技術比其他公司高出太多了，或者我們公司也是時候換走舊的設備了。」看到這麼明顯的差距，其他公司也不約而同被 BOT 集團的新科技吸引，鬥技場如同產品發布會，勝方招來更多商機，這就是艾可薩所打的如意算盤。

「是時候讓那戰國星人上場了，在這熱烈氣氛之下再把電車重機粉碎，我就能成為機械人生產領域的神。」艾可薩笑著說。

艾可薩要在眾目睽睽之下，把未嘗敗績的叮叮消滅，這樣就能建立真正的霸主地位，叫所有公司不得不轉用他的產品。

洛斯靈機一觸，想出了能更安全到達機械人鬥技場的方法。

　　「大腳板，求求你幫我們這一次啦！」洛斯誠懇哀求。

　　「不要！你既要動員我這麼多兄弟姊妹幫忙，又不把實情告訴我，我才不幫你。」大腳板是舊區露宿者中的大哥大，全靠他的組織能力和領導能力，這一帶的露宿者才生活得不至於太困苦。

「我們不是好朋友嗎？這一次沒有你的幫助，可能真的會有人喪命的。」洛斯不惜跪在地上向大腳板低下頭。

「洛斯，男兒膝下有黃金，他不幫忙就算了，我們走。」夢妮不忍心看到哥哥扔下尊嚴。

「你既然當我是朋友，為甚麼不把實情告訴我？我怎能叫我的兄弟姊妹不明不白去冒險啊！」大腳板身後數十名露宿者看到下跪的洛斯心裡也不好受。

「我是為了你們的安全著想，這件事愈少人知愈好，我不想再看到無辜的人受到威脅。」先是福伯被綁架，繼而是陳老師失蹤，被捲入魔界星人和戰國星人之間隨時有生命危險。

「到底是誰的生命有危險，值得你對我們這些露宿者低頭下跪？」大腳板不明所以。

「是我最好朋友的夥伴，還有就算我總是在課堂睡覺也不放棄我的好老師……」洛斯和夏爾出生入死，夏爾的夥伴也就是他的夥伴。而對他不離不棄的陳老師有危險更令他不能坐視不理。

大腳板一時語塞，他十分尊敬重情重義的人，而像洛斯這種年輕的孩子有為情義而放下尊嚴的氣魄，更令他和其他露宿者感動。

「我也求求你！他們已危在旦夕，若果你不幫助我們，我們只能放手一博了。」夢妮跪了下來，她同樣被哥哥的說話所感動。

「就連你這個無禮貌的小丫頭也願意屈膝……」大腳板和夢妮初次見面時，覺得她並不尊重露宿者，而傲慢的小女孩轉眼間已有所成長。

　「好吧！我們身為大人，總不能看著小朋友為朋友冒險也無動於衷，大家覺得對嗎？」洛斯和夢妮的真誠，感動了大腳板和一眾露宿者。

　「對！當然啦大哥！連小孩子的忙也不幫，憑甚麼做個成年人？」他們都是受生活壓迫流落街頭的成年人，或許他們貧窮，但他們沒有忘記自己尚有一顆赤子之心。

「夏爾，我們能遇上洛斯和夢妮，真是太幸運了。」
停泊在附近的雪樂對夏爾說。

「嗯……這是最美好的緣份。」夏爾說著，他車廂內的石仔和糖糖正感動相擁。

然而洛斯的計畫到底是甚麼？又為何需要動用這麼多人手呢？成績欠佳但又總是想法鬼靈精的他，能否從戒備深嚴的地下基地救出陳老師和叮叮呢？

6

雷鳴重機

囚禁著叮叮和陳老師牢房的閘門被打開，艾可薩的私人秘書布萊走近兩人。

「輪到你上場了。」

布萊對叮叮說。

「我想問你一個問題。」叮叮知道若不贏得比賽，陳老師就無飯吃無水喝，但他還有一個疑問。

「說吧。」布萊並不敵視戰國星人，只是各為其主，他必須服從艾可薩的指示。

「若果我不幸戰死，你們會放過善悠……陳老師嗎？」叮叮關心無辜受牽連的陳老師。

「老闆不想鬧出人命，但陳老師知道得太多了……我不認為老闆會讓她活著離開。」囚禁、折磨，布萊能想像得到艾可薩有數之不盡的方法對付異己。

「那我就再沒有戰敗的理由了。」叮叮緊握拳頭，連日的戰鬥已導致他傷痕累累，自我補充的能源不及消耗量大。

現在支撐著叮叮的，不是破壞魔界星人的使命感，而是保護人類的責任心。

叮叮踏上擂台之際，如雷掌聲響遍地下基地，這比賽毫無疑問是機械人鬥技場有史以來，最有看頭的一場。

不敗重機叮叮能否戰勝性能超卓的魔獸重機，觀眾們的熱烈投注充分表現了他們的好奇，而胸有成竹的艾可薩完全想不到蠻牛和傲馬會輸的理由。

　　「終於能把你消滅了，殘破不堪的戰國星人。」傲馬按捺不住激動的情緒，他的腦海充滿輾壓對手的畫面。

　　「我不會被你得逞的。」叮叮摸著腹部，陳老師正坐在駕駛席上。

　　「蠻牛，你別出手，我一個人就能解決這殘兵敗將。」傲馬信心十足。

　　「但是將軍希望我們速戰速決吧？」蠻牛不敢違抗命令。

　　「憑我一個一樣能在瞬間了結他！」傲慢的魔獸壓路重機高速推進，他根本沒有考慮過在叮叮體內陳老師的生死存亡。

「善悠，請繫好安全帶。」叮叮知道這一戰不能再倚靠卓越的防禦能力，立即向右加速迴避。

叮叮累積的傷勢非輕，加上傲馬的破壞力非同小可，他撞上鐵牢引起的震盪讓觀眾嘩然。

「你就只有逃跑技巧了得嗎？你身為戰國星人的榮耀到哪裡去了？」傲馬轉身迎後，旋轉的滾輪有如駿馬鐵蹄，他的前進速度比剛才要更加快速。

「這一次迴避不了，只能和他硬碰了！」叮叮以厚重的前臂裝甲硬擋從上方壓下的旋轉滾輪，火花隨即在觸碰的部位四濺。

「這次你逃不掉了，讓我看看你能支持多久！」傲馬以雙手擲出鐵網，確保叮叮無處可逃。

「老闆，電車內還有人在裡面。」布萊不想傷及無辜。

「反正不能讓她活著離開，就任由魔界星人處置吧。」艾可薩不需要親自動手，因為魔界星人不當人命是一回事。

「怎麼了？你打算就這樣被我壓成廢鐵嗎？」傲馬不斷施加壓力，叮叮頑強抵抗但裝甲開始碎裂。

「叮叮，不用顧慮我，全力反擊不要輸給魔界星人！」陳老師已不再害怕，她希望自己的勇氣能成為叮叮的助力。

「但是……我未曾試過有人在體內時作戰，我怕……」叮叮的溫柔阻礙了他發揮實力。

「我相信你，而且我不想成為你的負累，我想成為叮叮你的拍檔！」陳老師眼神無比堅定，要渡過面前的難關叮叮需要別人的幫助。

「謝謝你……戰國星人是不會要夥伴失望的。」叮叮的手部裝甲產生變化，機械接縫之間出現了電流閃耀。

「你已經快被我壓扁了，還口出狂言？」傲馬認為勝利在望。

「我不喜歡使用武力，但為保護重要的人，我絕對不會再讓你們為所欲為！」如果雪樂是冰雪魔法師，叮叮就是雷鳴鎧鬥士，叮叮把電流釋放，隨著滾輪鐵網反襲向傲馬。

「傲馬，你一個人沒問題嗎？」蠻牛眼見傲馬被電擊迫退，開始擔心起來。

「廢話！憑這麼弱的電流就想收拾我？」傲馬退後再助跑，剛才的電流還不足以重創對手。

「放心，我還有火力更猛的招數。」叮叮撕破了鐵網重獲自由。

「叮叮，他只能向直線衝刺，只要牽制住他的輪胎，

你就能順勢反擊。」陳老師一直留意著傲馬的進攻模式，由於對手的攻擊過份單一，陳老師很快便想到對策。

叮叮靜待傲馬衝刺之際，把鐵網扔到地上，無法在加速時改變方向的傲馬輪胎被鐵網纏住，被束縛的一方反轉為傲馬。

「雷鳴電磁炮！」叮叮胸甲打開，蓄勢待發的必殺技朝傲馬射出。

「這種殺傷力……」特殊超合金製作的堅固壓路輪被打穿一個大洞，要是魔界星人的核心被擊中後果不堪設想。

「我的能量只夠再射出一發，這一發就要把你收拾。」叮叮馬上把能量充填到胸部炮台，瞄準傲馬乘勝追擊。

但是電磁炮沒有命中目標，突如其來的大鏟把叮叮從側面鏟飛，他的左臂損毀嚴重，難以再提起。

「再玩下去會被將軍責罰的，我們快點完成任務吧。」這不是一場一對一的公平對決，蠻牛的偷襲令叮叮失去反敗為勝的機會。

「叮叮！你還好嗎？」電車重機翻側倒地，陳老師還未顧及自己，先擔心叮叮的狀況。

「還好……善悠你呢？」叮叮緊盯著前方，掙脫束縛的傲馬和蠻牛隨時會採取攻勢。

「我沒事，但以現在的形勢，到底要怎樣才能扭轉局勢？」陳老師知道叮叮的能量已所餘無幾，叮叮重傷的左手已失去戰鬥能力。

「倒頭來你還是要栽在我手上，受死吧戰國星人！」傲馬準備作出最後一擊，但連環爆炸的聲響和震盪驚動了在場所有人士。

「發生甚麼事？」就連艾可薩也被嚇了一跳。

布萊拿出平板電腦指派守衛調查地下基地的受損情況，同時檢視保安監控錄像，爆炸導致煙霧彌漫，但從劏車場通往這裡的入口有兩個身影屹立著。

　　「那兩個戰國星人終於上釣了。」艾可薩期待已久，這是把戰國星人一網打盡的好機會。

7

增援趕到

較早之前，洛斯成功求得大腳板和一眾露宿者幫忙，洛斯之所以要請求大腳板，是因為沒有人比大腳板更了解舊區地下水道的結構，而這些地下水道，正是通往地下基地的其他入口。

「我需要借助大家的幫助，把四驅車和收音機放到地下水道口，然後請你們盡快離開。」洛斯指著從大腳板得來的地下水道分布圖，配合夏爾探測到的陳老師手機的位置，議定好行動路線。

「原來如此……這想法或者真的行得通。」夢妮看出了洛斯的策略，讚嘆這不成熟的哥哥竟想到這麼周全的計畫。

「但洛斯、夢妮，你們要去的地方不會很危險吧？」大腳板問。

「放心，我們還有強大的後盾支援，一定能順利救人的。」洛斯自信滿滿的説。

於是，各個露宿者按照洛斯的指示，把物品都放置在不同的地下水道入口然後離開，大腳板向洛斯發送準備就緒的訊息，而夏爾和洛斯正在商討出發前最後的事項。

「洛斯和夢妮，你們不如和大腳板一起在地面等待我們吧，這次要深入敵方巢穴實在有很多不確定的危險因素。」能協助到這程度，夏爾已十分感激，他不敢拿年輕人的未來作賭注。

「正因如此我們才更要一起前進，夏爾你記得有一次我踏實油門的時候，你感覺力量充沛嗎？」洛斯留意到這不是每次奏效的神奇狀況。

「記得。」夏爾對這不解之謎特別在意。

「我相信這是有玄機的，所以我和夢妮更應
該分別進入你和雪樂體內，這樣便能安全地協助
你們作戰。」洛斯堅決和夥伴共同進退。

「但這一次我們也不保證自己能全身而退……」雪樂亦擔心會連累兩個孩子。

「這次我支持洛斯，和猿魔的一戰已證明多一個人去思考，對戰勝魔界星人很有幫助。今日的狀況和過去你們的對戰不一樣，你們的裝備、機體性能都比對手落後，要彌補這差距唯有靠出奇制勝，人類的智慧和自由意志正是能超出魔界星人預期的東西。」夢妮相信她和哥哥的腦袋能成為強大的戰力。

「上一次救雪樂和福伯時我就説過，我們是三劍俠，絕不拋棄隊友的三劍俠，今天我們是四人幫，同生共死的四人幫。」洛斯的眼神令夏爾充滿信心。這是戰國星人和魔界星人也沒有的——熾熱的眼神。

石仔和糖糖也舉手跳起，想告訴眾人他們算漏了自己，這團體不止是四人幫，還是六人眾。

爆炸在多個地下水道口發生，觀眾們立即從逃生通道疏散離開，BOT 機械守衛立即聽令分散去檢查，但爆炸不止一波，四驅車衝出濃煙，直至撞到障礙物時再次爆炸。

　　「多處地方遭到破壞，是誰有這樣的人力物力？」布萊受命調查破壞的元兇，前去遇襲地區的機械守衛都被四驅車炸成碎片。

　　布萊看著地上的機械殘骸，很快便意識到來犯的人是上次在劏車場對戰過的夏爾等人，因為地上殘留著四驅車的碎片。

　　而除了用作分散防守兵力的奇襲外，正面突破已從劏車場那邊的入口展開，濃煙中兩個機械人的身影吸引了布萊的注意，他調動到這入口的機械守衛也特別多，但這就中了洛斯的圈套。

石仔和糖糖關掉手電筒，那大影子只是它們照射自
己而出現的影子。

　　「捉住他們！但人人重機和雪糕車重機到底在哪
裡？」布萊緊張地檢閱多部閉路電視拍到的影片。

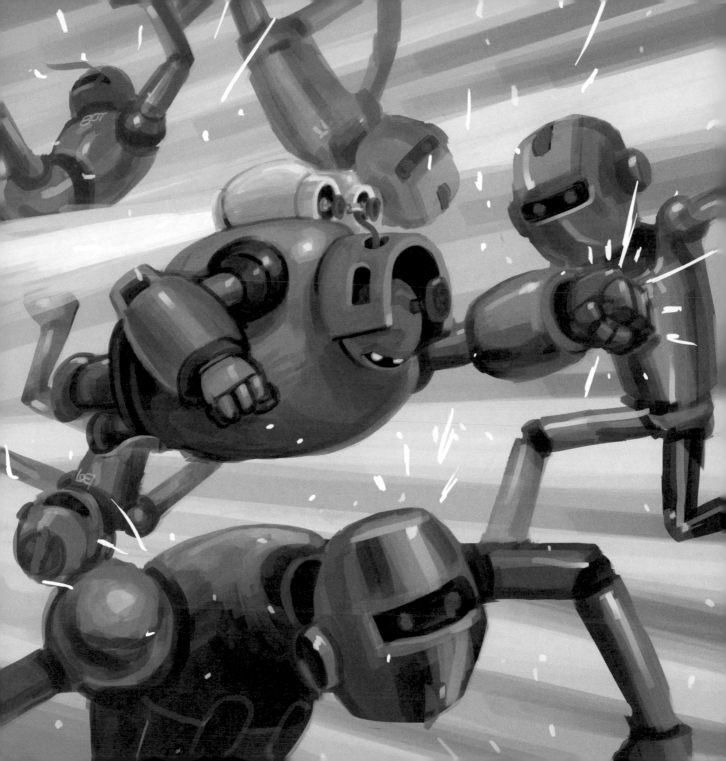

然而石仔和糖糖並不只為聲車擊西，石仔一拳又一拳把守衛擊倒，糖糖邊跑邊把新款特製糖果掉到地上。

　　「行動裝置受阻……行動裝置受阻……」想追糖糖的機械守衛們腳部都被黏在地上，得到性能升級的除了夏爾和雪樂，還有石仔和糖糖。

　　「到我們了，一口氣衝到鬥技場吧！」人人搬運車形態的夏爾，以及雪糕車雪樂，一起飛躍撞碎動彈不得的機械守衛，再衝刺向叮叮所在的位置。

　　石仔和糖糖完成任務，為洛斯他們爭取了暢通無阻的通道，但只餘上半身的機械守衛還在爬行，想要消滅石仔和糖糖，嚇了一跳的糖糖跳到石仔背上，方寸大亂的石仔變成飛行形態亂衝亂撞。

鬥技場內，叮叮已無力再戰，萬念俱灰的他以為九死一生，蠻牛推土重機和傲馬壓路重機準備給他致命攻擊，但爆炮巨響吸引了他們注意，及時趕到的戰國星夥伴衝破鐵牢，兩部魔獸重機轉身揮拳迎擊，但兩部行駛中的快車從左右兩邊飄移閃避，停泊到叮叮側面。

　　「讓你久等了，夥伴。我現在的名字是夏爾，他是我的好朋友——洛斯。」夏爾變為機械人形態，駕駛席上的洛斯正向叮叮揮手。

　　「受損相當嚴重呢，而且能源快耗盡了。我現在的名字是雪樂，這位是夢妮。」雪樂以眼部掃描器檢查叮叮的傷勢。

　　「小型治療機——雪寶，去幫幫這位大朋友吧。」夢妮一聲令下，雪樂帽子打開，走出一個迷你雪樂，這是夢妮為長遠征戰準備的提供治療和補給的小型機械人。

　　「善悠，我就說戰國星人不會令夥伴失望，我們的

救兵到了……」能源不足，叮叮進入了睡眠模式，雪樂馬上為他進行修復和充電。

「叮叮！你還好嗎？」陳老師激動地問。

「老師放心，他休息一會就會龍精虎猛，但是你的額頭……」洛斯看到車廂內陳老師頭上流著鮮血，在剛才的戰鬥中，其實她撞破了前額，只是她不想令叮叮擔心而一直沒有作聲。

「只是皮外傷罷了，但你們怎會在這裡出現的？這裡很危險，你們快逃跑吧！」陳老師擔心年輕的學生受傷害。

「是魔界星人幹的嗎？你兩個混帳東西！回答我！」洛斯發怒了，他的大喝聲嚇了同伴們和夢妮一跳。

「是我們幹的又如何，你們既然明知這裡是陷阱也自己送上門，那即是預備好被我們五馬分屍啦！」傲馬準備衝刺，自負的他目中無人。

「要上了，夏爾，面對會傷害無辜百姓的人，不用手下留情。」洛斯穩定了激動的情緒，把怒火轉化成集中力。

「當然啦，拍檔。」夏爾感覺充滿力量，和之前洛斯踏實油門時十分相似。

「陳老師請放心吧，面對魔界星人我們的經驗比你豐富，而且我很久沒有見過哥哥這麼憤怒了。」夢妮微笑著說，她感覺洛斯愈來愈有哥哥的範兒。

「那上一次是甚麼時候？」陳老師問。

「在我初上小學被包圍欺負的時候……而那些壞傢伙再多也被洛斯打得哭著逃跑。」天資過人的夢妮曾受惡意欺凌，是洛斯為妹妹出了一口氣。

身為哥哥的洛斯，不容許別人欺負他的妹妹；身為妹妹的夢妮，不允許自己以外的人恥笑哥哥。

8

矛盾對決

石仔和糖糖在地下基地內亂跑一通，糖糖被像喪屍爬行的機械守衛嚇得亂扔糖果，石仔亦受驚不淺，頭部鐳射槍亂射一通，但這樣反而帶來正面效果，除了把基地設備和保安系統也一起破壞，還遇到意外收穫。

一個特製的囚室閘門突然打開，囚室內發出的訊號令慌張的石仔和糖糖回復理性，他們躡手躡腳來到囚室前探頭偷望，一個體型和糖糖差不多的小機械人正不知該不該踏出囚室。

無法作言語溝通的糖糖跳落地上，為表友善他雙手舉起慢慢步向小機械人，那小機械人頭頂插著飲管，透明的機身內浸泡著淺啡色液體，而液體之中沉澱著黑色的圓形物體，酷似在鄰近的 T 市中十分受人愛戴的珍珠奶茶。

珍珠奶茶重機雖然害怕陌生人，但對和自己構造相似的糖糖有種惺惺相惜的感覺，於是它慢慢接近糖糖。

而糖糖看到對方解除戒心也欣喜若狂，把機身中唯一一顆真正的糖果慢慢交給珍珠奶茶重機。

　　不過小小的珍珠奶茶重機沒有伸手，而是把頭部傾前，並把飲管傾向糖糖的手，讓糖糖把糖果沿飲管口放進機身內。

糖糖認定了這位是朋友，決定帶它和洛斯他們會合，免得這惹人憐愛的奶茶重機留在這危險的地方。

　　另一邊廂，鬥技場上進行著二對二的機械人大戰，但這場不是公司與公司之間賭上利益的鬥爭，而是戰國星人和魔界星人賭上性命的戰鬥。

　　「雪樂，能探測到獸魂核心的位置嗎？」夢妮眼見連番攻擊也未能奏效，相信繼續以硬碰硬難以取得優勢。

　　「能，兩人的核心也在胸口正中，但那位置的裝甲是最厚重的。」就算肉眼看不到，但有了上一次和猿魔對戰的經驗，雪樂現在能靠探測到散發特殊能量的獸魂核心位置。

「這身裝甲有如最堅固的盾，前方的大鏟攻擊力又鋒利得讓人難以接近，不速戰速決的話恐怕基地內還有其他守衛會聚集過來。」夢妮咬著指甲苦思，雪樂的冰雪攻擊對蠻牛完全無效。

　　「不能用上次的冰火夾擊嗎？」洛斯想重施故技，夏爾的機關槍爆鐵拳全被傲馬的大滾輪擋住，拳腳功夫難以對敵人造成傷害。

　　「材質不一樣……魔界星人明顯針對這種夾擊而改造過，而且對手有兩人，無法再像上次那般輕易得手。」夢妮一時之間也想不出對策。

　　「這時候唯有靠幹勁打開缺口，四驅車爆彈，上！」夏爾放出多架衝向傲馬的四驅車，但就算是四驅車爆彈也無法阻擋氣勢如虹的傲馬。

夏爾被滾輪撞飛，跌到雪樂身旁，立即站起戒備的夏爾背靠雪樂，面對前後夾攻的情況，洛斯心知不妙。

　　「夢妮，你剛才不是說他們的身體有如最堅硬的盾，而蠻牛的大鏟鋒利無比嗎？」還在叮叮體內等待叮叮復原的陳老師說。

　　「是又怎樣？」推土大鏟正迫近雪樂和夢妮。

　　「那不就應該以子之矛，攻子之盾嗎？」陳老師提起一個寓言故事，楚國商人誇張自己的盾沒有東西能擊破，自己的矛甚麼也能刺穿，但被問到若把兩者互碰到底會有甚麼結果時就啞口無言。

　　「好主意！」洛斯明白老師的提示。

　　「所以說有個大人分擔一下，對往後的戰鬥一定有幫助。」夢妮立即心領神會，明白箇中玄機。

　　「笨馬！有本事就全速衝過來，看我們一拳把你打扁！」洛斯挑釁對手。

「洛斯，我辦不到呀。」沒有經歷地球教育課程的夏爾不明所以。

「你相信我和夢妮，還有陳老師嗎？」洛斯問。

「當然相信啦，拍檔。」夏爾聚精會神，等待洛斯的指示。

「雪樂你呢？」夢妮信心十足，就算大鑊已近在眼前也不為所動。

「我們可是生死與共的拍檔啊。」雪樂對夥伴沒有任何懷疑。

「口出狂言的戰國星人啊！嚐嚐我的全力衝擊吧！」驕傲自大的傲馬受不了挑釁，以最高速度奔向夏爾。

「是現在了！」洛斯和夢妮同時發號施令，夏爾和雪樂分別向左右跳起。

蠻牛和傲馬撞個正著，最鋒利的矛刺穿了最堅硬的盾，蠻牛的大鏟不只刺穿了傲馬的大滾輪，還直接貫穿了傲馬身體，擊碎他的獸魂核心。

「成功了！」陳老師欣喜地說。

「現在只餘一頭蠻牛，不足為懼了。」洛斯打算乘勝追擊。

「不，現在是撤退的最佳時機，不然只會有更多敵人聚集過來，而且雪樂和夏爾已消耗了不少能量。」夢妮卻持相反意見。

「你說得有道理，帶陳老師和叮叮離開才是首要目標。」洛斯點頭同意。

雪樂和夏爾合力扶起還動彈不得的叮叮想盡快離開敵人的巢穴，但很快巨大的影子已籠罩住他們。

9

武魂解放

夏爾感覺勢色不妥，轉身一看發現兩部魔獸重機已合而為一，巨大的身軀和嚇人的外形，令洛斯第一次對魔界星人感覺到恐懼。

「傲馬太自負了，而且他不把將軍的話放在眼內，這是不對的。既然他不幸戰死沙場，倒不如成為我身體的一部分，助我討伐將軍的敵人。」左邊身由魔獸推土機變化而成，再和右邊身的魔獸壓路機結合成大型重機。

「魔將軍也身在 H 市嗎？」夏爾聽到宿敵魔將軍的名字，不禁激動起來。

「戰國星人啊，這裡就是你們的葬身之地，和你們有聯繫的人類也休想活著離開。」魔將軍的聲音從基地所有廣播器傳出，彷彿這地下基地就是他的身體。

「奉將軍之命，殺無赦。」蠻牛兩眼發光，壓路滾輪直擊雪樂，把反應不及的雪樂壓倒地上。

「可惡……力度比之前更猛了。」雪樂兩手擋不住攻擊，滾輪已壓在他的胸膛。

「四驅車爆彈全體出擊！」洛斯還未回過神來，夏爾已全力反擊。

「服從將軍命令，你們都要被我殺死。」爆彈傷害不了合體魔獸重機的堅固身軀，推土大鏟輕易劃破夏爾的裝甲。

「洛斯！快清醒過來，夢妮有危險呀！」夏爾十分緊張，雪樂胸甲被壓爛，碎裂的玻璃擦傷了夢妮臉龐，再不制止敵人的話，雪樂和夢妮無一倖免。

「夢妮！你竟敢傷害我的妹妹！你這混蛋！」洛斯沒有發現自己的身體發出了黃色亮光。

「我絕對不允許你傷害夢妮！」夏爾亦發出了相同的光芒。

眼見雪樂機身凹陷，夢妮的處境愈來愈危險，夏爾深深感到無力，武魂的力量在地球從未完全發揮過，他和洛斯擋住大鏟已無力拯救夢妮。

　　「洛斯，保持現在的心境踏實油門。」幸好能量充填完畢的叮叮重新啟動，以一雙鐵臂幫助雪樂支撐住滾輪。

　　「叮叮……」洛斯現在才發現黃色的光包圍著自己和夏爾。

　　「夏爾，守衛地球的地心能量阻礙著我們釋放武魂的力量，但只要你遇到和你心意相通的人類一同作戰，抱著拯救地球人的心意，地心能量的影響就會暫時消失。」叮叮懷疑過為甚麼來到地球後會被重機身軀限制戰國星人武魂的力量，但看到夏爾和洛斯發出的黃光，他終於想到答案。

「夏爾，你的心意和我一樣嗎？」洛斯把軑盤握緊。

「洛斯，我們去拯救夢妮，收拾這大魔獸吧。」夏爾的想法和洛斯一模一樣。

「那就讓我看看夏爾你的真本領吧！」洛斯腳踏油門，強大的力量直湧入夏爾的身體，人人重機機身呼應武魂作出變化，重現戰國星武將的威風。

推十大鑊被一分為二，蠻牛還看不清武將夏爾拔刀的動作，利刃已把他的左臂和身體分離。

「這就是夏爾你本來的實力嗎？」洛斯嚇了一跳，他從顯示屏看到夏爾全新的面貌，大將之風盡現人前。

「不只我的力量，我還感受到體內源自你熾熱靈魂的力量。」這刻夏爾感覺到無所不能，從監控電視看著這變化的魔將軍和艾可薩也被夏爾的氣勢震懾。

「不可能……連本將軍也未能解決地心能量的影響，為甚麼他能辦得到？」魔將軍氣憤著說。

「看來已無法完成任務了，但我最起碼要解決這雪糕車重機和這丫頭。」蠻牛把餘下的力量全部加諸壓路大手上。

「叮叮，瞄準他的膝蓋。」陳老師説。

「了解！雷鳴電磁炮，發射。」叮叮雖然力量不及眼前巨大的魔獸重機，但要破壞他的關節，讓他倒地還是能辦到。

「得救了……雪樂你還好嗎？」夢妮差點被壓扁在車廂內。

「沒事……只是暫時生產不出雪糕了。」雪樂打趣説。

「無視人命的魔界星人不可饒恕，我現在就要替天行道，斬妖除魔！」武將重機夏爾一躍而起，以武士刀刺穿蠻牛的獸魂核心。

「夢妮，你受傷了，還有沒有哪裡發痛？」洛斯緊張地問。

「哥哥……你這笨蛋，要是你快點幫夏爾變身，我就不用嚇個半死了。」年輕的夢妮遇到這麼危險的狀況也一直保持冷靜，放鬆下來後，她卻差點流下眼淚。

「夢妮你真的很堅強，洛斯你也很勇敢，兩人也做得很好。」陳老師對這兩個優秀的學生感到欣慰，然而更大量的機械守衛已趕到鬥技場。

「現在我們不用怕這種小卒了。」洛斯心想，這武士刀應能輕鬆解決機械守衛。

但夏爾卻突然變回人人重機，在地心能量的影響下回復原狀。

「我看還是三十六著，走為上著啦。」夢妮說。

10

第四個夥伴

　　洛斯一行人從剷車場入口進來，但那兒現在已站滿機械守衛，所以他們只能另尋出路。洛斯正在細看地圖之際，前方突然出現兩個熟悉的面孔。

　　「石仔、糖糖！快上車，我們再不逃走的話會被射成蜂巢的。」洛斯打開車門說。

　　而當他們上車之後，洛斯才發現車廂內多了一個陌生的機械人。

　　「糖糖，這個像珍珠奶茶的傢伙是……你們製造的？」洛斯問，但石仔和糖糖拼命搖頭。

　　「難道……是你們救出的、被囚禁的機械人？」洛斯再問，這次石仔和糖糖一起點頭。

　　「原來如此……但我們現在自身難保，找不到逃生路線。」洛斯抓著頭皮說。

然而珍珠奶茶重機就在這時候發揮到作用了，它指著地圖上其中一面牆，那牆後面是一條地下水道，但地圖卻沒有顯示這地下水道會通往哪裡。

　　「博一博吧，夏爾，前面路口轉左，然後直行至盡頭。」洛斯雖然不認識這珍珠奶茶重機，但卻感覺它值得信賴。

　　「洛斯，前面無路可走了。」前無去路，後有追兵，夢妮擔心著說。

　　「那就打破這面牆，創造可走的道路吧！」洛斯相信天無絕人之路，而夏爾的拳頭還未觸碰到牆壁，牆壁卻被對面的人打破。

　　「小珍的訊號明明在這附近的，阿三你沒有弄錯方向吧？」男性的聲線從破洞傳出。

「凱文，根據雷達顯示，小珍就在你的正前方。」由機械發出的聲音伴隨著男人，灰塵散去後他們終於看到洛斯一行人。

珍珠奶茶機械人打開車門跳到凱文懷中，而戴眼鏡身穿博士長袍的凱文正站在舢舨之上。

「你是這東西的主人？」洛斯驚訝地問。

「搬運車機械人、雪糕車機械人還有電車機械人，難道你們就是阿三在找的戰國星人夥伴？」凱文大為震驚。

第四個戰國星人終於和夏爾他們會合，他的武魂寄宿在 H 市歷史悠久的交通工具——舢舨之內。

H 市曾經是一個靠捕魚為生的城市，在水上工作和生活的居民十分之多，他們居住的房屋搭建在水上，而連接大船和住所的小型載人船隻，就是舢舨，又稱為三舨。

凱文的爸爸靠捕魚為生，隨著 H 市發展改變，漁業漸漸式微，凱文的爸爸就改為經營觀光舢舨的生意，載遊客欣賞湖光山色。

　　默默耕耘的他把儲蓄用來供凱文到 T 市上大學，凱文是機械工程的高材生，他的爸爸不想埋沒兒子的天賦，更不想兒子將來過像他一樣辛苦的生活。

　　於是凱文在 T 市生活了一段很長的時間，完成了博士學位，還在 T 市的機械人企業身居要職，而他後來更用了 T 市當地特色飲品作藍本，製造了機械人小珍。

　　凱文年事已高的父親在早陣子離開了人世，凱文回到 H 市安排父親的身後事同時處理父親留下的產業，他看著曾陪伴他成長的舢舨感觸良多，但留下來又沒有人經營是十分浪費的事，正當凱文準備賣掉它之際，舢舨卻和凱文對話起來。

「我能感受到這小小船隻內滿載了你父親對你的愛。」戰國星人武魂寄宿在舢舨內，並把他所感受到的一切，還有父親未對凱文表達的愛，通通告訴凱文。

這一個晚上凱文哭成淚人，他知道了父親鮮為人知的一面，於是不再打算賣掉舢舨，同時他知道了關於戰國星人和魔界星人的故事，他打算把學到的東西用來幫助戰國星人，便帶著小珍一起幫助阿三尋找夥伴。

可是在不久前，小珍被 BOT 守衛捉到了，更把它囚禁在設有訊號干擾的地下基地內。幸好在雪樂切斷城市電力供應的瞬間，阿三有探測到小珍的訊號，而石仔和糖糖更誤打誤撞救出了小珍。

「我們時間無多了，魔界星人很快會找到這裡，我們沿下水道離開，很快就能回到地面了。」凱文來的路線沒有追兵，只要跟隨他就能安然撤退。

地下鬥技場一役對夏爾等人來說可謂獲益良多、喜出望外。先是成功救出電車重機叮叮和陳老師，繼而找到解放武魂的正確答案，最後更找到第四個藏在 H 市的戰國星人夥伴。

　　只是艾可薩和魔將軍亦不會坐以待斃！第四名魔界星人已潛伏在市內，準備和戰國星人正面衝突！

下回預告

地下基地被公諸於世，艾可薩的陰謀全面曝光。

舊區重建計畫暗藏玄機，潛伏多年的魔將軍終於親自上陣。

隱藏在H市的最後一個戰國星人隆重登場，正義的鐵鎚誓要粉碎魔界星人的魔爪。

重機集結篇迎來最終之戰，武魂合一再次突破機體界限。

vol.4 結局篇

燃燒吧！ 香港重機
GEAR UP! MY SAMURAI!

04 密切留意出版日期！

燃燒吧！香港重機 03

GEAR UP! MY SAMURAI !

原創 / 繪畫	▶	葉偉青
創作 / 文字	▶	余 兒、陳四月
編輯	▶	小尾
設計	▶	siuhung
出版	▶	創造館
		CREATION CABIN LTD.
		荃灣美環街 1 至 6 號時貿中心 6 樓 4 室
電話	▶	3158 0918
發行	▶	泛華發行代理有限公司
		香港新界將軍澳工業邨駿昌街七號二樓
印刷	▶	高科技印刷集團有限公司
出版日期	▶	2021 年 7 月
ISBN	▶	978-988-75784-0-6
定價	▶	$88
聯絡人	▶	creationcabinhk@gmail.com

本故事之所有內容及人物純屬虛構，如有雷同，實屬巧合。

創造館 CREATION CABIN